Mᵐᵉ LUCIA DECHARME

Sainte Cécile

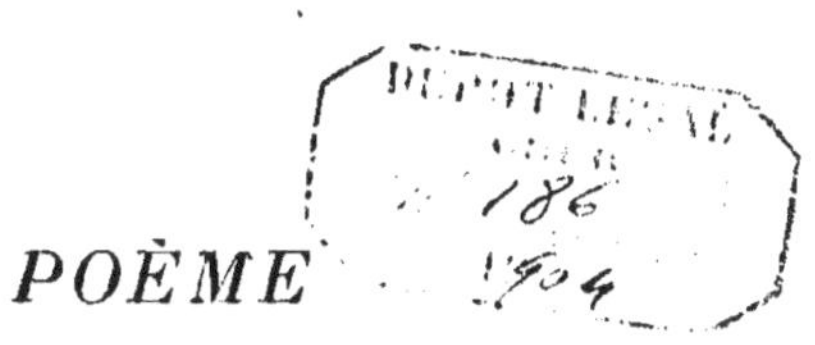

POÈME

Dans la Foi et le Martyre
germent la Résurrection et le Salut.

Prix : 2 fr. 50

PARIS

TOLRA ET M. SIMONET, ÉDITEURS

28, rue d'Assas et rue de Vaugirard, 76

—

Tous droits réservés y compris la Suède et la Norwège

SAINTE CÉCILE

SAINTE CÉCILE

POÈME

PAR

Mme *LUCIA DECHARME*

Dans la foi et le martyre
germent la résurrection et le salut.

PUBLIÉ EN L'ANNÉE SAINTE 1900

Couronné par l'Académie de Paris-Province, prix du Ministre, 27 mai 1899

Prix : 2 fr. 50

PARIS

TOLRA ET M. SIMONET, ÉDITEURS

28, rue d'Assas et rue de Vaugirard, 76

SAINTE CÉCILE

PROLOGUE

L'ORGIE ROMAINE

Il est minuit, on entend le bruit éclatant des tambours et des cymbales phrygiennes ; des femmes parcourent les rues, les cheveux épars et couronnés de pampres ; elles tiennent en main le thyrse et des torches enflammées, puis poussent le cri d'*Evohé*. Au même moment la salle d'un banquet s'entr'ouvre brillante de lumière. Sur une table somptueuse, couverte des mets les plus exquis, se dressent les amphores remplies d'un vin généreux. De jeunes Romains, accompagnés des Ménades leurs concubines, célèbrent par des chants une fête en l'honneur du dieu Bacchus.

CHŒUR DES BACCHANTS

Chantons, chantons, l'hymne à Bacchus,
Pour notre dieu faisons chorus,
Que notre voix toujours redise
Ce chant joyeux qui nous attise,
Et célébrons et nos amours,
Et la jeunesse en ses beaux jours.

Éperdus sous la folle ivresse
Jeune Romain, belle maîtresse,

Versez, versez aux coupes d'or,
Ce vin que nous boirons encor.

(REFRAIN : *Chantons, chantons,* etc.)

Sur ton lit de pourpre éclatante,
Étends-toi, ma belle bacchante,
Dans l'extase et la volupté
D'une heure de félicité.

(REFRAIN)

Femme, joyaux, idolâtrie,
Tu règnes seule en notre vie,
Et pour t'avoir, nos cœurs, toujours,
Vendraient les dieux pour tes amours !

(REFRAIN)

Les démons de la nuit apparaissent et dansent au-dessus de leurs têtes une ronde infernale.

CHŒURS DES ESPRITS INFERNAUX
&

Vive la femme, l'hétaïre,
Qui lance la flamme en sourire,
Joyeux amants, dansez, dansez,
Pour cet instant, passez, passez.

Ils s'enfuient jetant des cris d'allégresse ; les flambeaux s'éteignent, les Ménades tombent épuisées d'ivresse et d'amour.

LA NUIT DANS LA CATACOMBE
SAINT-CALLIXTE

L'ARCOSOLIUM

Au milieu des rues, des allées bordées de tombeaux, de chapelles, au milieu de cette ville immense de la mort apparaît soudain l'Arcosolium illuminé.

O séjour tout divin, auguste catacombe,
Sanctuaire où repose endormi dans sa tombe,
Le chrétien, le martyr immolé pour son vœu,
Et demeuré fidèle à son Sauveur, son Dieu ;
Sous la voûte sacrée où parle l'Évangile,
Au temple du Seigneur dans son suprême asile,
Que la voix des saints temps redise à notre cœur,
Cet élan de la foi dans toute sa ferveur !

LA CONSÉCRATION

C'était la nuit chrétienne et toute solennelle
Qu'en secret dans ces lieux, on célébrait si belle,
Les flambeaux sur l'autel étincelaient de feux,
Et le prêtre avançait d'un pas silencieux.

Dans cette auguste enceinte, une vierge, une fille
Romaine et provenant d'une illustre famille,

Priait et dans l'amour savourait la douceur
De ces instants du ciel qui ravissaient son cœur.
On eût dit à la voir que vers le Dieu suprême,
Son esprit s'envolait comme au jour du baptême,
Et ses yeux tout divins où brillait la candeur
Doucement s'abaissaient dans leur sainte pudeur.

Et la vierge toujours priait dans le silence,
Contemplant du Seigneur la divine présence,
Lorsque soudain près d'elle, un prêtre, un saint vieillard,
Descendant de l'autel attire son regard.

C'était le saint pontife et successeur de Pierre,
Qui venait vers Cécile à l'heure de prière,
Répandre sur son cœur la bénédiction
En l'instant solennel de consécration.

Et le prêtre toujours s'avançant auprès d'elle,
Prononça d'une voix suprême et solennelle,
Ces mots tout inspirés par sa sainte ferveur
Et qui parlaient du Ciel, de Dieu, de son Sauveur :

— Pouvez-vous à Jésus donner votre âme entière,
Promettre ce serment à son auguste Père,
Et renoncer au monde, au bonheur infini,
Que l'amour de l'époux donne en l'hymen béni ?
O vierge, si tu peux jurer cet acte même,
Plus grande seras-tu qu'à ton divin baptême !

— Je le jure, ô mon père, et sur les saints autels
Je consacre au Seigneur les joyaux immortels,
Fleurs de virginité que mon âme vénère,
Qu'un ange me conserve en son si doux mystère,

Et je n'ai plus qu'un cœur et qu'un esprit en Dieu,
Et mon être s'efface en ce suprême vœu.

— Vierge, le Christ entend ta sublime parole,
Et déjà ceint ton front de la blanche auréole
Des élus que le Ciel marque dans ce grand jour,
Pour suivre le Très-haut dans son divin séjour.

Cécile sur ces mots sent résonner son âme,
Et dans son cœur soudain brûle la sainte flamme
De cet amour sacré, feu de la charité,
Qui remplit notre esprit de la divinité.

..... Et Cécile était belle et blanche tout ailée,
Une apparition de la nuit étoilée
Sous le voile sacré, le *flammeum* chrétien,
Le symbole éclatant de son être divin.

Et voilà qu'à l'instant la catacombe obscure,
De lumière des cieux rayonne l'onde pure,
Elle sent l'infini descendre sur son cœur,
Elle aperçoit son Dieu dans sa sainte ferveur,
Et des voix d'Éternel écoutant les cantiques,
Son âme se confond dans les chœurs angéliques,
Et croit avoir quitté ce monde de douleur,
Pour l'immortelle vie, et l'immortel bonheur !...

Elle était consacrée et dans cet acte même,
Elle montait au ciel dans le monde suprême !
Et les anges chantaient ces chants tout radieux
Qui disaient au Seigneur la gloire de ses vœux.

CHŒUR DES ANGES

O douce vierge de la terre,
Écoute nos accents pieux,
Et sur l'aile de la prière,
Envole-toi dans les grands cieux,

Car le ciel est notre patrie,
Le jour des temps, le jour sans fin,
La vision toute bénie
De l'auteur suprême et divin.

Près de Jésus et de Marie,
Viens chanter sur ta lyre d'or,
Viens vers cette immortelle vie,
Redire à Dieu ton hymne encor,

Et dans un rayon de lumière,
Tu planeras loin dans l'azur,
Et dans l'extase et le mystère,
Tu deviendras un esprit pur ;

De ce monde de l'harmonie,
Où règne la paix et l'amour,
Et dans la patrie infinie,
Suprême joie, éternel jour !

Après sa consécration Cécile aperçoit près d'elle sa suivante Titia que son aïeule a affranchie. Son regard a rencontré celui de la pauvre esclave, ses yeux se sont mouillés ; elle s'avance, l'embrasse, la présente à l'assistance et dans un transport d'enthousiasme, saisissant le crucifix, elle s'écrie :

O Seigneur Jésus-Christ, ô saint Sauveur du monde,
Qui vîntes affranchir l'esclave, l'être immonde,
Le tirer du limon et de la pauvreté,
Lui montrer sa grandeur et son humanité,
Qui parlez à ce cœur assoiffé d'espérance,
De Celui qui promet la juste récompense,
Et l'arrachez aux fers du maître, du tyran,
Pour le porter aux cieux dans vos bras, triomphant !
Oui, vers toi mon esprit, ô mon Jésus, s'envole !
Et j'aperçois des saints la brillante auréole,
La couronne de gloire et la félicité,
Que l'humaine vertu gagne en l'éternité !
Oh ! sur la croix sacrée où mon Sauveur expire,
Sur ce bois imprégné du sang de son martyre,
Je jure de garder toujours fidèlement
Notre Église chrétienne en son commandement ;
Je jure de porter l'Évangile sublime
Aux païens ignorant le Dieu tout magnanime,
Le Dieu du sacrifice et qui vient sur l'autel
Chaque jour dans nos cœurs donner le pain du ciel !
Je jure d'arracher toujours à l'esclavage,
Nos frères asservis à cet antique usage,
Et les faisant chrétiens, sous cette liberté,
Proclamer devant Dieu la sainte égalité !

L'assistance émue la contemple, l'écoute avec admiration ; Titia, sur ces
mots, enlève des mains de Cécile le crucifix qu'elle brandit en s'écriant :

— A tes accents sacrés, à ta sainte parole
Je sens battre en mon cœur le tout vivant symbole
Du fils de l'Infini qui venait ici-bas,
Affranchir les mortels des fers et du trépas !
Oh ! combien dans mon âme est à jamais gravée
Ce jour où vers mon Dieu, vers le ciel élevée,

Ton aïeule m'ouvrait le monde du Seigneur
Et rompait cette chaîne, emblème du malheur !

Elle jette la chaîne rompue, s'avance vers Cécile, lui donne, elle aussi le baiser de paix ; le pontife, sur le parvis de l'autel, répand sur les fidèles ses bénédictions ; l'*arcosolium* rayonne plus encore de clartés. Resplendissants de blancheur, les anges apparaissent sur un nuage, dans une apothéose, puis s'envolent aussitôt pour l'immortel séjour.

CÆCILIUS ET CÆCILIA

— Oh ! ma douce Cécile, oh ! viens près de ton père
Et ma bouche bientôt va te dire un mystère...
Sur mes ans abreuvés des douleurs de l'époux,
Alors que sur la terre en mon destin jaloux,
Une femme, une épouse à mon âme ravie,
S'envolait d ici-bas pour l'immortelle vie ;
Ma fille tu restais, ô consolation,
Tu rendais à mes yeux la douce vision
De l'être tout charmant arraché de mon âme,
Et qui semblait renaître à ce rayon de flamme
Apporté du printemps à mon cœur malheureux,
Pour lui donner encor cet instant bienheureux
Que l'amour de l'enfant réveille dans nous-même,
A la voix pure et sainte, à la voix qui nous aime !
Mais les jours ont passé, mes cheveux ont blanchi,
Et bientôt sur ces ans que mes pas ont franchi,
Plane une ombre de mort, épouvantable et sombre,
Et je voudrais bien voir s'évanouir cette ombre
Sous la joie infinie et douce de l'aïeul,
Éloignant de son cœur l'image du linceul ;
Sous le divin sourire et la clarté si pure
De ces petits enfants esprits de la nature,
Qui charmeraient mes jours en leur triste déclin,
Et fermeraient mes yeux sous l'aube du matin.
-- Père, que dites-vous ?
             — Ne comprends-tu, ma fille ?

Et n'as-tu ressenti l'espoir de la famille
Dans ce désir si saint qu'éveille dans le cœur,
La vision de l'être en toute sa douceur ?
Quoi ! Tu ne veux répondre à celui qui sur terre
Te donna sa tendresse et fut comme ta mère,
Ta mère ! ah ! ne connus, et c'est pourquoi toujours,
Je voudrais de ta vie épanouir les jours,
Je voudrais vers l'hymen amener ta pensée
Et te savoir bientôt heureuse et fiancée ;
Je vais donc, ô ma fille, enfin te dévoiler
Ce cher et doux secret que je dois révéler.
Aux nœuds de l'hyménée un époux te convie,
Et veut unir ses jours à toi pour cette vie ;
Il est beau, plein d'amour, il est patricien,
Descend de Publicol, il est Valérien,
Le sang des Mételli bouillonne dans ses veines,
Nous fûmes alliés pour les gloires romaines.
Enfant, ignore-tu le devoir tout sacré
Que l'on doit à celui dont le nom illustré
Brille à jamais aux temps, rayonne dans l'histoire
Et veut perpétuer sa suprême mémoire ?
O fille, l'hyménée appelle sur ton cœur
La noble mission d'éterniser l'honneur !

— O père, je le sais, mais il est un ancêtre,
Que chaque jour je sers et dont je suis le prêtre,
Et cet ancêtre est grand, puissant, tout immortel,
Il est le créateur de ce monde éternel.

— C'est donc un pur esprit qui remplit ta pensée
Au point que tout désir d'amour, de fiancée,
Semble fuir pour toujours de ton cœur enfantin
Emportant ta jeunesse en son beau lendemain ?

Et crois-tu, mon enfant, que ton âme si tendre
Pourra vers cet esprit en des flots purs répandre
Ces trésors précieux apportés à ton cœur
Par l'auguste nature en son jour de bonheur ?
Ces élans tout remplis de la céleste flamme,
Que les dieux allumaient dans le fond de ton âme,
Car l'Invisible n'est qu'un fantôme fuyant,
Qui va s'évanouir dans l'espace, le temp ;
Et ce n'est point l'esprit que l'homme sur la terre
Doit chercher pour aimer en ce divin mystère,
Mais son être lui-même et la douce moitié
Qui donne au genre humain son sublime allié.
O fille, ne sais-tu que sous l'antique Rome,
A cette heure fatale où le destin de l'homme
Semblait l'anéantir en ses crimes sans fin,
Où le saint hyménée alors sur son déclin,
Agonisait au cœur de la famille humaine,
Un homme, ton ancêtre et de race romaine,
Apparut parmi nous, défendit l'union
Suprême des époux, sauva la nation,
Et conquit dans les temps cette gloire immortelle,
D'avoir gardé l'hymen à la Ville éternelle !
Enfant, ne méconnais l'illustre défenseur,
Cet apôtre fervent de l'antique pudeur.
Un fils des Mételli vient t'apporter son âme,
Et son cœur a pour toi la plus céleste flamme.
Fille, n'hésite plus et viens vers cet époux
Que le destin t'envoie en cet instant si doux,
Pour jeter sur ta vie à peine encore éclose
Ce rêve tout charmant de l'heure belle et rose.

— Puisqu'à votre désir je ne puis m'opposer,
O mon père, à vos pieds je m'en vais déposer

L'offrande de mes vœux et vous donner le gage
De cette affection que nul autre partage,
Hors le Dieu que j'adore et qui dans les grands cieux,
Entendit les accents suprêmes de ces vœux.
Je fus à lui ce jour et sa main me protège,
Je crois en lui, je sens mon fardeau qu'il allège ;
O père, contemplez votre fille à genoux,
Qui s'incline à vos pieds et se soumet à vous.

— Reçois, ô mon enfant, dans ta chère promesse,
Mes souhaits de bonheur et toute ma tendresse,
Et je veux que bientôt en des jours solennels
Le doux hymen t'unisse en liens éternels !

L'ENTREVUE

C'est la nuit, la douce nuit de mai. Sous les jardins enchanteurs du palais
de Cæcilius, près d'un étang bordé d'arbres séculaires, aux ombrages mystérieux, Cécile tenant sa lyre d'or et plongée dans une sorte de ravissement écoute une voix tendre et suave.

ROMANCE DU BEL INCONNU

O belle nuit, nuit ineffable,
Charme enivrant du doux printemps,
Rayon divin, ciel adorable,
Vous venez ravir mes instants.

Sous la fraîcheur de ces ombrages,
Ma bien-aimée, oh ! viens vers moi,
Et sous les ombres des bocages,
Je deviendrai ton maître et roi.

Car ton cœur, belle et tendre amante
Est fait pour l'amour des esprits,
Et je te vois, ombre charmante,
Errer le soir sous ces abris.

Et le parfum doux et suave
Que la fleur exhale en dormant,
C'est ta beauté que rien n'entrave,
Que mon œil contemple en rêvant.

2

Et vous, nymphes de ces rivages,
Sylphes, ondines de ces eaux,
Venez parler à tous les âges,
Sous le murmure des ruisseaux.

Cécile interdite et ne sachant si elle rêve, s'avance ; elle aperçoit un beau
jeune homme couvert d'une blanche chlamyde parsemée d'étoiles d'or (1).
Elle a vu, elle a deviné, c'est le fiancé, le beau fiancé promis à son
cœur ; il s'approche près d'elle.

Un instant attirée par ces chants si doux, la vierge oubliant le ciel et les
serments qu'elle lui a jurés, contemple le jeune homme, lui répond
aussi par des chants qu'elle accompagne de sa lyre.

ROMANCE DE CÉCILE

Par cette nuit mystérieuse,
D'où viens-tu, mon bel inconnu ?
Viens-tu sous cette ombre rêveuse,
Tel qu'un fantôme revenu ?

Ou n'es-tu pas de ma jeunesse,
Le rêve si tendre et charmant,
Que notre âme en son allégresse,
Un jour voit, regarde en passant ?

Amant des cieux viens sur mon âme,
Viens redire, ô beau séraphin,
Allumer dans mon cœur la flamme
De cet amour pur et divin.

Oui, notre vie est un mystère,
Je te le dis, mon saint amour,
Dans l'extase de la prière,
Qui me montre le grand séjour.

(1) Costume des étudiants en philosophie.

Cécile soudainement s'arrête... elle se souvient !

Et bientôt dans son cœur la suprême pensée
De son divin serment ne s'est point effacée,
Et le songe d'amour s'éloigne de ses yeux,
Tel que le doux mirage évanoui des cieux.

CÉCILE AU BORD DU LAC

Le jour était venu, quand la vierge rêveuse,
Parcourait à pas lents sous l'aube vaporeuse,
La rive d'un beau lac où le flot murmurant,
Lui disait du passé l'instant doux et charmant.
Mais l'heure n'était plus, et son âme éplorée,
Regardait dans les cieux, sous la voûte azurée,
Demandant au Seigneur que son rayon divin,
Vienne éclairer ses pas, les guider au chemin.
Alors tout éperdue en sa mélancolie,
Ne voyant plus déjà ce monde qu'elle oublie,
Elle songe aux serments que son cœur a liés,
Devant l'apôtre Urbain, les chrétiens assemblés,
Et son regard nimbé de l'éternelle vie,
S'envole dans l'espace à la voûte infinie,
Et sa lyre aux accents divins, harmonieux,
Doucement sous ses doigts, chante ses chants pieux,
Quand sa voix belle et pure, à l'accent tout céleste,
Révèle et sa pensée et son destin funeste !

LE MATIN DE L'HYMEN

CÉCILE ET TITIA

L'azur était divin, le soleil radieux,
Tout parlait dans les cœurs, tout chantait dans les cieux!
C'était le doux printemps où la rose s'entr'ouvre,
Où toute vision apparaît, se découvre,
Et ravit les esprits dans un enchantement,
Qui leur montre le ciel et le bleu firmament.

C'était le doux matin du jour de l'hyménée,
Qui s'en allait fixer la belle destinée
De la vierge si pure, aux regards tout rêveurs,
Qui semblaient révéler leurs suprêmes douleurs !

Elle rêvait, rêvait, quand soudain son bel ange
Apparaît à ses yeux comme un divin archange,
Un céleste envoyé de l'éternel séjour,
Pour soutenir son cœur en ce sublime jour,
Et le parfum si doux de la rose mystique,
Se répand aussitôt de l'hôte séraphique !

Puis voilà que soudain apparaît Titia,
Celle qui de Jésus un jour l'initia,
Lui montra le Seigneur dans son œuvre suprême,
Et lui fit recevoir l'eau sainte du baptême...

Mais à peine elle a vu cet habitant des cieux,
Qu'il s'enfuit, disparaît au séjour bienheureux,
Et dans l'extase sainte où son amour la plonge,
Elle croit s'éveiller, semble sortir d'un songe,
Se souvient du passé, de cet instant du Ciel,
De consécration en ce jour immortel,
Où prononçant ces mots, à l'esclave affranchie,
Proclamait la grandeur et la gloire infinie,
Et lui montrait son Dieu qui venait pour bénir
Son être méprisé qu'il allait ennoblir.

Cécile apercevant Titia qui s'avance toujours près d'elle profère ces
paroles :

— O vous qui m'entendez, ô vous femme si sainte,
Venez. venez vers moi, dans ce moment de crainte
Soutenir mon courage abaissé, défaillant,
Et maintenir mes pas sur le sol chancelant.

Elle s'arrête et reprend :

Toi qui charmais les jours de ma si douce enfance,
Qui me montrais le Dieu suprême d'espérance,
Si tu pouvais encore évoquant ce passé,
Ramener ce doux temps. fantôme trépassé,
Combien en ma pauvre âme une heure du ciel même,
Calmerait ma douleur à ce moment suprême !

— O ma chère maîtresse, en votre accent divin,
Que votre ange toujours vous guide en le chemin,

Vous suive et près de vous répande la lumière,
Vous élève vers Dieu par la sainte prière,
Et conserve en ce cœur tout pur et virginal
La grâce du ciel même à l'instant nuptial.

Disant ces derniers mots vers sa douce maîtresse,
Titia transportée en une sainte ivresse,
Vient, s'avance près d'elle, en ce suprême instant,
De l'immortelle d'or couvre son front charmant,
Et le beau flammeum de la vierge chrétienne,
Voile la robe blanche et cyclade romaine ;
Mais l'emblème touchant de la virginité
Lui montre en l'avenir la triste obscurité,
Et jetant son regard sur la pauvre affranchie,
Sent tomber tout son cœur à l'aube de la vie ;
Et comme la victime arrivant sur l'autel,
De fleurs toute parée au moment solennel,
Ainsi la belle vierge à l'hymen condamnée
Entrevoit le martyre en ce doux hyménée !

LE PÈRE ET L'ÉPOUX

L'heure était solennelle et sur le seuil sacré
Du palais des aïeux à jamais vénéré,
Apparaît revêtu de ce costume antique,
Le sénateur romain, le fils du Numidique
Qui s'avance au milieu des parents alliés,
Et présente sa fille aux amis conviés.
Et voilà qu'à l'instant sous l'austère silence
Arrive tout paré dans sa magnificence,
Sous la toge d'hymen candide de blancheur,
Couvert du pallium éclatant de splendeur,
De pourpre de Sidon et parsemé d'étoiles,
L'époux tout rayonnant sous son bonheur sans voiles.
Alors la belle vierge au jeune et beau païen
Lui donne son regard chaste, pur et chrétien,
Quand le père, fidèle à la coutume antique,
Appelle ses enfants vers le temple mystique.

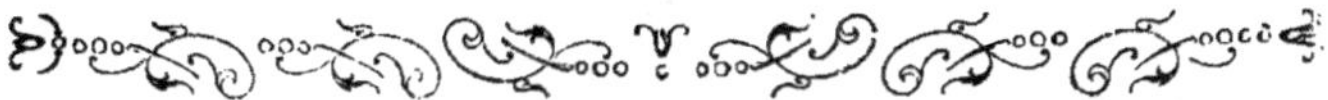

LE TEMPLE D'HYMÉNÉE

A travers les jardins aüx sites enchanteurs,
Embaumés du printemps et du parfum des fleurs.
Sous les asiles verts et sous les frais ombrages
Qu'animent les oiseaux dans leurs si doux ramages,
Aux accords de la lyre, aux chants mélodieux,
S'avançaient sous le bois, sombre, mystérieux,
Deux êtres tout charmants dont l'austère silence
Présageait de leurs cœurs la si douce espérance ;
Deux êtres fiancés, enfants de Metellus,
S'en allaient vers l'autel suprême de Vénus,
Vers le temple d'amour et du saint hyménée,
Pour unir à jamais leur belle destinée.
Le jeune époux, rêvant, contemplait de ses yeux
La femme, être divin, envoyé par les dieux,
Quand la vierge toujours sous sa mélancolie,
Sous le poids du serment que son âme n'oublie,
Du serment proféré devant l'apôtre Urbain
Pressent de ce beau jour le triste lendemain ..
Et pendant qu'ils rêvaient, rêvaient au rêve même,
Au sanctuaire d'or rempli du doux emblème,
Ils pénètrent tous deux et vont vers son autel,
Offrir aux dieux des temps leur vœu tout solennel.
Et le temple sacré de l'Aphrodite antique,
Résonne d'allégresse en la voûte mystique.

Valérius l'époux, le jeune et beau païen
Invoquait la Vénus, déesse de l'hymen,
Tandis que près de lui la vierge alors chrétienne
Subissait en pleurant le joug d'une Romaine,
Et cédant à l'usage antique des aïeux,
Pour obéir aux siens, semble adorer les dieux ;
Quand son cœur est encor fidèle au Dieu suprême,
Quand son âme a gardé l'empreinte du baptême.
Et ces chants tout joyeux qui s'en vont retentir,
Réveillent sa douleur, exhalent son soupir !

Chœur des jeunes Romaines

En ce beau jour de l'hyménée,
Jeunes filles, chantez toujours,
Ce bonheur que la destinée,
Vient apporter pour les amours

Et toute belle, ô fiancée,
Sous le bosquet tout embaumé,
Viens nous redire en ta pensée,
Le tendre mot du bien-aimé ;

Du jeune époux qui, sur ton âme,
Vient déposer la douce fleur,
Le pur rayon, la sainte flamme,
Qui la consume en son ardeur.

Tout près de lui ma vierge encore
Va lui donner de tes beaux yeux,
Tel qu'un sourire de l'aurore,
Lorsqu'elle s'élève des cieux.

Et toute blanche sous les voiles,
Rayonnant de virginité,
Tu sembles venir des étoiles
Dont tu reflètes la clarté.

Tu sembles du divin mystère
La vivante apparition,
Qui descend et vient sur la terre,
Comme une douce vision ;

De la vertu belle et suprême
Régnant au sein des Immortels,
De Diane et Minerve même
En des instants jours éternels !

Et ces chants tout joyeux doucement s'éteignirent ;
Dans le temple d'amour leurs sons s'évanouirent.

LES JARDINS ENCHANTEURS,
L'ATRIUM, LE PALAIS CÆCILIUS
LE PALAIS TRANSTÉVÈRE

I

Suivi de leur cortége au pas majestueux,
Les époux revenaient au palais des aïeux,
Sous les jardins fleuris, les arbres magnifiques,
Embaumés du printemps, de leurs parfums mystiques,
A travers les bosquets, les gazons verdoyants,
Et les lacs tout d'azur des cieux resplendissants,
Et les mille rochers, cascades et fontaines,
Dont l'onde furieuse en leurs bords rompt ses chaînes,
Et l'arcade d'albâtre aux festons empourprés,
De la rose d'hymen de ces jours tout dorés,
Où franchissant alors ces immenses portiques,
Arrivent sous la voûte aux colonnes antiques,
Couverte de faisceaux, d'armes que les aïeux,
Reçurent des vaincus, des souverains fameux,
Aux jours des Cecili qui vivent dans l'histoire,
Dont les temps garderont l'éternelle mémoire !

II

Dans le grand atrium, sanctuaires sacrés,
Les époux, le cortége, à l'instant sont entrés ;

La fontaine d'albâtre à l'onde claire et pure,
Répand dans le silence un suprême murmure,
Que dominent les dieux entourés de lauriers,
De la fleur symbolique aux exploits des guerriers,
Qui rappelle l'ancêtre aux jours de la victoire,
Et son pontifical aux fastes de l'histoire.
C'est cette fleur sacrée, ô divin Urceus,
Emblème de l'honneur des jours de Métellus.

III

Sortant de l'atrium sous la blanche tenture,
Les festons et les fleurs qu'inonde la verdure,
Au palais des aïeux et suivis des amis,
Les nouveaux épousés en montent le parvis,
Pénètrent dans la salle auguste, magnifique,
Qui resplendit alors de son éclat magique,
De draperie flottante aux effets merveilleux,
De la soie et de l'or qui fascinent les yeux,
Entourant les portraits superbes des ancêtres,
De roses et de lys tombant sur les fenêtres,
Balancés du zéphir, du souffle du printemps
Qui répand en ce jour ses parfums enivrants.
Au milieu de la salle une estrade élevée,
Montre aux jeunes époux leur place réservée
Sur le riche tapis moelleux de l'Orient,
A la vive couleur, au ton chaud, flamboyant.

Dans toute sa blancheur un bassin de porphyre.
Aux urnes d'où s'exhale une odorante myrrhe,
Des cassolettes d'or où brûle cet encens,
Exquis, délicieux, qui ravit tous les sens.

Des piédestaux d'ébène, incrustés d'or, d'ivoire,
Sous leurs marbres vivants se dressent de l'histoire.
Personnages fameux et sénateurs romains
Parés du laticlave antique des Latins,
Dont le regard encor, sur leur auguste race,
Semble la soutenir, la guider sur leur trace.

IV

Les époux gravissaient les marches de l'autel
Lorsque deux serviteurs, à l'instant solonnel,
Portent, selon le rite, usage d'hyménée,
Les emblèmes touchants de notre destinée.

L'époux prenant l'amphore aux feux de diamants
Verse le vin sacré sous ses flots écumants
Dans la vasque d'albâtre aux blancheurs virginales,
Apportée en ces lieux aux heures nuptiales ;
Ce symbole éclatant de sa virilité,
Sa force, sa puissance et son autorité.

Mais la vierge à son tour a saisi l'autre amphore
Et d'un lait généreux verse toujours, encore,
Dans la vasque d'albâtre où viennent s'y mêler,
Ces emblèmes d'amour que l'on voit y couler.

A ce moment auprès des deux époux s'avance,
Un esclave tenant le pain de l'espérance,
Cet usage des temps, pratiqué des aïeux,
Que Rome conservait dans ces jours bienheureux.

Chacun des fiancés rompt ce pain d'hyménée,
Symbole d'union et de la destinée,

Aux parents, la famille, en donne la moitié,
A l'invité présent, à l'ami, l'allié.

L'époux prend l'anneau d'or, et dans la main si chère
Le glisse doucement comme en un doux mystère,
Et dans la salle auguste aux portraits des aïeux,
A leurs mânes sacrés invoquent tous les deux,
Prononcent d'une voix suprême et solennelle
Le serment de rester l'un à l'autre fidèle.

Après avoir rempli ces rites du grand jour,
Ces rites tout divins, ces rites de l'amour,
Au palais de l'époux, au palais Transtévères
Rempli du souvenir antique de ses pères,
Accompagnés des vœux de l'instant nuptial,
Les époux gravissaient le parvis conjugal,
Sous les couronnes d'or et les gazes flottantes,
Qu'éclairent les lueurs tour à tour scintillantes,
Du marbre et de l'albâtre exhalant la grandeur
De ce palais de gloire en toute sa splendeur.

Valérius alors sous le sacré portique,
Revêt le *pallium* superbe, magnifique,
Où brillent le saphir, l'or et le diamant,
Qui ruissellent de feux sur son blanc vêtement,
Et donnant à la vierge un regard ineffable,
Révèle de son cœur le secret adorable ;
Quand Cécile, toujours baissant ses yeux si doux,
Sous le rayon de flamme embrasé de l'époux
Écoute la parole à 1 heure solennelle.
— Dis-moi, dis, quelle es-tu, douce vierge si belle ?

— Où tu seras Caïus, là je serai, Caïa ;
Retrouve mon ancêtre en la Cecilia.

Disant ces derniers mots à l'épouse future,
Dans la coupe d'albâtre à l'onde claire et pure,
Coule en ses flots sacrés l'emblème de pudeur,
De l'amour conjugal en toute sa candeur.
Sur le plateau vermeil la clef d'or déposée
Lui montre le pouvoir promis à l'épousée ;
Et l'épaisse toison d'une douce brebis
Qu'on étend mollement sur le seuil du parvis,
Sur le siège brillant de blancheur et d'ivoire,
Rappelle de l'aïeule à l'illustre mémoire
La noble dignité, le respect du travail,
Et l'austère vertu résidant au bercail.

A peine elle a touché ces symboles si chastes,
Usage conservés dans les plus nobles castes,
De ces patriciens aux noms tout valeureux,
Eternisant la gloire en ces jours radieux,
Que soudain à sa vue une porte s'entr'ouvre,
C'est le Triclinium qui paraît, se découvre,
Au festin somptueux brillant de coupes d'or,
De porphyre et d'albâtre au précieux trésor,
Et rayonne des feux superbes, magnifiques
De ces lambris dorés à ces pierres magiques
De blancheur étoilée et dont le pur rayon
Conserve la lumière en son illusion ;
Et la lampe appendue, en ses diverses flammes
Sur l'Océan des feux semble semer des âmes.

Sous un dôme éclatant de pourpre recouvert
Partent les chants joyeux, les accords d'un concert,
Célébrant la vertu, la grâce si touchante
De la belle épousée à cette heure charmante ;

Mais Cécile n'entend les voix qui dans ce jour
Redisent aux époux l'élan de leur amour,
Elle n'écoute pas... et seule avec son âme,
A son cœur vient parler l'ange qui la réclame.
Et planant vers les cieux à cet instant divin,
Reporte sa pensée en sa sublime fin,
Profère en son esprit les paroles sacrées
De l'antique psalmiste à jamais consacrées :
« O Dieu garde mon âme en toute sa candeur
Et conserve à mes sens leur austère pudeur ;
Qu'au souffle des humains mon esprit ne s'altère.
Et que je reste pure au Dieu que je révère. »

Sur ces mots tout divins émanés du beau ciel,
La vierge en s'envolant vers le monde immortel
Revoit le doux esprit, cet ange du baptême,
Qui l'écoute, l'entend, aux pieds du Dieu suprême !

LA CHAMBRE NUPTIALE
(*LE CUBICULUM*)

Près de la jeune épouse, ange de pureté,
Valérius venait en la mysticité
De la nuit toute belle et blanche, sidérale,
Lui dire sa pensée à l'heure nuptiale,
Et lui donner son cœur débordant de l'amour,
De ses feux dévorants qu'allume ce beau jour.
Car elle était pour lui la vision suprême
De l'être si charmant qu'on admire et qu'on aime,
Et qui répand sur nous en sa félicité,
Ces moments éternels de douce volupté.

Et la vierge toujours regardait vers l'étoile
Qui brillait dans la nuit rayonnante et sans voile,
Et voyant s'approcher le terrible moment,
Invoquait le Seigneur pour son divin serment.
« O Père, lui dit-elle, éloignez de mon âme
Toute atteinte apportée à sa sublime flamme,
Et veuillez conserver dans le fond de mon cœur
Le trésor précieux de l'austère pudeur,
Afin que mon esprit puisse encor au ciel même
Vous aimer, vous bénir, comme à son saint baptême.

Pendant que Cécile adresse à Dieu cette prière, Valérius s'est rapproché de
la vierge et dans un transport d'amour il s'écrie :

— Oh ! que la nuit est belle et que ton cœur m'est doux !
Quel suprême bonheur pour l'âme de l'époux
De sentir près de lui la femme qu'il adore,
La voir, la contempler, jusqu'à l'heure d'aurore,
Et déposer sur elle en un baiser d'amour,
Toute l'extase même et l'ivresse d'un jour !
Oh ! viens, viens respirer sous l'haleine des roses,
Ce souffle tout vibrant de la beauté des choses,
Et reste sur mon cœur comme l'oiseau craintif,
Qui n'ose s'échapper et demeure captif,
Oh ! cher amour ne crains, et, repose, sommeille,
Et demeure en mes bras alors que tout s'éveille.

A ces mots alarmée en sa sainte pudeur,
La vierge en un soupir exhale sa frayeur,
Et tremblante, éplorée, en sa détresse folle,
De la virginité lui montrant l'auréole,
Elle dit à l'époux en ses divins accents
Ces paroles des cieux que garderont les temps.

— Il est un doux secret que mon cœur n'ose dire,
Et pour lequel toujours je pense et je soupire.
Or, sachez, beau seigneur, qu'un être, un inconnu
Depuis longtemps déjà dans mon cœur est venu ;
Il est mon confident, le gardien tout fidèle
De ma vie ici-bas et son divin modèle,
Et c'est lui qu'après Dieu j'aime de tout amour
Et qui vient doucement me revoir chaque jour,

— Mais quel est ce secret que tu ne peux me dire,
Quel est l'être, l'amant que mon cœur sent maudire ?
Tu t'arrêtes, rougis, et tremblant devant moi,
Ton âme seulement se souvient de sa foi
Et des serments jurés au temple d'hyménée,

Et du mot éternel marquant la destinée.
Oui, dans mon cœur soudain je sens se réveiller,
L'honneur des Valéri que l'on ne doit souiller !

— Juste ciel, que dis-tu ? quoi ! tu me crois coupable !
Hélas ! et tu ne sais la raison véritable
Qui me force à celer cet amour pur, sacré,
Que mon esprit consacre à son être adoré !...
Valérius, écoute, oh ! j'ai dans le ciel même
Un ange qui me voit, qui me parle et qui m'aime,
Et c'est à cet esprit que je livrai mon cœur.
Tout rempli d'espérance et de sainte ferveur ;
Et si j'osais te dire à cette heure troublée,
Que voulant pour toujours rester immaculée,
Je consacrais à Dieu ce cœur rempli d'amour
Et le conservai pur pour le divin séjour ;
Que dans l'élan sacré, quand l'âme s'auréole,
Je donnais au Seigneur ma suprême parole.
Tu vins, Valérius, et n'osant résister
A celui que le Ciel nous dit de respecter,
A mon père soumise et fille encor romaine,
Ne disant mon serment de vierge et de chrétienne,
Cédant à son pouvoir je suivais à l'autel
L'époux qui m'attendait pour cette heure du ciel.
Le ciel ! ah ! connais-tu ce monde grand, suprême,
Que l'âme des élus voit, porte en elle-même ?
Ah ! si jamais un jour cet ange qui m'attend,
Vers ton cœur, ton esprit, daigne venir, descend,
Qu'alors toute mon âme heureuse, rayonnante,
Te verrait embrasser l'église triomphante !

— Oh ! si c'est un doux ange, être mystérieux,
Evoque son esprit de ce monde des cieux,

Et que vers moi bientôt il ose m'apparaître,
Me révèle un secret que je ne peux connaître;
Mais si ce n'est l'esprit que tu viens m'annoncer,
Qu'un homme, un fier rival, accourt pour m'offenser,
Se montrer à mes yeux en ta présence même,
Insulter à l'époux en sa colère extrême,
Je jure de brandir ce glaive étincelant
Et de le retirer de vos cœurs tout sanglant.
Oui, mon âme si fière a ressenti l'offense
Et ma race outragée appelle la vengeance !

— Eh bien ! Tu vas savoir quel est ce fier rival
Qui naît, vit et repose en un cœur virginal,
C'est celui que le prêtre en sa sainte prière
Chaque jour sur l'autel appelle sur la terre ;
C'est celui qui mourut pour notre humanité,
Pour conduire notre âme en son éternité ;
Il parle à nos esprits et sa voix est suprême,
Il est le Dieu du ciel, il est le Ciel lui-même !

— Non, je ne puis saisir le mystère divin
Du Dieu que l'on évoque invisible et sans fin,
Et j'aime mieux encor croire à cet ange même
Qui vers moi descendrait de la sphère suprême...

Cécile l'écoute, réfléchit, puis elle ajoute ces mots :

— Mais pour connaître enfin cet ange du Seigneur
Il faut que d'un mortel la si sainte ferveur
Te consacre au baptême et dise la parole,
Qui soulevant nos cœurs anéantit l'idole,
T'initie au mystère auguste d'Eternel,
Et te montre le Dieu descendant sur l'autel.

— Oh ! que je voudrais voir cet esprit, cet archange,
Evoqué du Très-Haut de la sainte phalange !
Mais quel est ce mortel qu'il me faut appeler
Pour me parler du ciel et me tout révéler ?
Oh ! viendra-t-il ce jour et dois-je à sa rencontre
Me rendre dès l'instant à l'aube qui se montre,
Ou l'attendre en ces lieux près de toi, mon amour,
Comme le messager du céleste séjour ?

— Cette nuit est sacrée et l'heure est solennelle,
Elle vient nous parler de la vie éternelle ;
Non, tu ne peux rester, mon doux Valérien,
Il te faut me quitter pour le monde chrétien ;
Suis la voie Appienne et longe la colline
Eclairée en la nuit par l'étoile divine,
Là, tu rencontreras sur le chemin désert
Des pauvres s'abritant sous quelque asile vert,
Tu t'en iras vers eux disant cette parole :
« Pour ma Cécilia j'apporte son obole,
« Et viens vous demander où le pontife Urbain
« Se montre chaque jour au fidèle chrétien ».
Sur ces mots t'amenant vers le vieillard auguste,
Ces frères du Seigneur te montreront le juste,
Et tu sauras alors la grande vérité
Qui conserve notre âme en sa virginité.

Déjà l'époux touché de la grâce divine,
Voit le rayon d'en haut qui descend, l'illumine,
Et donnant à Cécile un regard pur et doux,
En son dernier adieu s'incline à ses genoux.

LA NUIT DANS LA SOLITUDE

Valérius suivait le chemin solitaire,
Sous la nuit étoilée et pleine de mystère,
Ce chemin que jadis de leurs pas triomphants
Les héros ont marqué pour la gloire des ans ;
Et franchissant ces arcs superbes de Sévère,
Et du clément Titus de son peuple le père,
Arrive sur le seuil du temple de l'Honneur,
De l'austère Vertu, de l'austère Pudeur,
Et près de ce tombeau de la sainte matrone,
Caïa Cæcilia que la gloire couronne,
L'aïeule de la vierge et modèle touchant
Dont le nom si fameux vit éternellement ;
Et revoyant alors cette ombre trépassée,
De l'épouse en son cœur comprenant la pensée,
De cette race illustre enfant des Cécili,
Dont l'honneur à jamais ne s'est point avili,
Il voit comme éclater dans la vierge sublime
La grandeur des aïeux montant jusqu'à sa cime !

Valérius s'arrête et contemplant les cieux,
Voit s'enfuir tour à tour le monde de ses dieux.
Il rêve... et sa pensée encor tout incertaine
L'emporte dans l'espace à la rive lointaine ;

Il rêve... et dans ce rêve animé de ferveur,
Cherche dans l'infini le divin Créateur ;
Et dans la sainte extase où son âme se plonge,
Son être tout entier semble sortir d'un songe,
Quand soudain à ses yeux les pauvres du chemin,
Ces frères du Seigneur lui tendirent la main ;
Alors il se souvint..., et leur dit la parole,
Et pour Cécilia remit la douce obole.
Il les suivit... et l'aube émergeant sous ses feux,
Prédisait à son cœur le jour tout radieux,
Ce jour de l'Infini que la Vierge Cécile,
Promettait à l'époux dans sa sainte vigile.

VALÉRIUS DANS LA CATACOMBE
SAINT-CALLIXTE

I

Il était descendu dans l'obscur souterrain,
A l'heure solennelle où l'office divin,
Résonnant sous la voûte aux grandes catacombes,
S'en allait réveiller les mânes dans leurs tombes.
Que ces chants étaient beaux, suaves, entraînants !
On eût dit le concert des cieux tout rayonnants ;
Et voilà que soudain aux demeures funèbres,
Sous la nuit du tombeau la mort en ses ténèbres,
Une clarté céleste illuminant ses yeux,
Révèle au jeune époux le secret de ces lieux.
Il s'avance, entrevoit, sous la chapelle sainte,
Les chrétiens assemblés dans cette auguste enceinte,
A cet instant suprême où le Seigneur descend,
Sur l'âme des mortels dans le cœur qui l'attend.
Il s'arrête et bientôt la lueur qui rayonne,
Sur le parvis sacré que la foule environne,
Lui montre le vieillard descendant de l'autel,
Tenant le saint ciboire et le pain fraternel ;
Alors il reconnut sous l'auguste mystère
La vision du Dieu que l'on dit notre Père !

Et le vieillard toujours s'avançait lentement
Portant la sainte hostie aux fidèles, priant
Le sauveur du Calvaire. Et c'était Urbain même
Cet auguste pontife et prêtre du baptême,
Que l'époux de Cécile appelait vers son cœur
Pour lui parler du ciel, de son sublime auteur !

II

Les lueurs s'éteignaient et les pieux cantiques
N'allaient plus s'envoler à ces voûtes mystiques ;
Les fidèles quittaient le temple du Seigneur,
Et doucement fuyaient sans bruit et sans rumeur.
Près du pontife Urbain, Valérius s'avance,
Et le prêtre a dès lors deviné la présence
De l'époux de Cécile apparu dans ces lieux,
Pour lui tout révéler d'un mystère des cieux ;
Et son âme où ce jour la grâce est descendue
Vient dire au saint vieillard la parole attendue.

Mais Urbain l'a compris et déjà dans son cœur,
Il pressent à le voir l'apôtre du Seigneur,
Et lui tendant les bras, vient tel que le bon père,
Lui parler du Sauveur au temple de prière,
Et lui montrer ce Dieu qui descend plein d'amour
Dans le saint tabernacle, à l'autel chaque jour.

Attentif et ravi, Valérius l'écoute
Et ses accents si beaux font retentir la voûte
Obscure, ténébreuse, au mystère divin,
Qui lui révèle un Dieu tout suprême et sans fin.

Et voilà que soudain dans ce cénacle auguste.
Dans ce temple sacré plein de l'esprit du juste,
Apparaît comme une ombre, un fantôme éclatant,
Tout nimbé de lumière et tour à tour flottant ;
C'était le grand apôtre au sublime martyre,
Saint Paul qui du Très-Haut et du céleste empire
Descendait pour bénir l'époux Valérien,
Le néophyte pur et déjà tout chrétien,
Dont le cœur embrasé de la flamme immortelle,
Pressent de l'infini la splendeur éternelle,
Et l'apôtre en ses mains tenait un livre d'or
Portant ces mots sacrés de l'Évangile encor :
« Révélant un seul Dieu père de toute chose,
Le principe vivant et la suprême cause
De tout ce qui réside en l'univers entier,
Et l'unique Seigneur éternel et premier,
Que l'esprit doit connaitre et sentir en son âme,
Pour brûler d'un amour plus pur que toute flamme ! »

Mais soudain disparaît en son assomption
L'Apôtre des gentils, l'auguste vision ;
Et seul près du pontife à l'heure solennelle,
Valérius se croit en la vie éternelle,
Et la grâce du Ciel descendant sur son cœur,
Lui montre de ce jour la suprême faveur
De prétendre au baptême et recevoir l'eau sainte,
Et de pouvoir vers Dieu lever ses yeux sans crainte ;
Être purifié, jouir de ce bonheur
De voir l'ange divin, l'ange de la candeur,
Apparaître à ses yeux, et lui dire en son âme
Le secret qu'à la vierge il révèle et proclame ;
Et comprendre l'amour suprême et tout chrétien
Qui l'arrache à la chair, libre de tout lien !

LA SAINTE NUIT

Pendant que Valérius dans la catacombe Saint-Calliste reçoit du saint pontife la consécration suprême, la vierge épouse demeurée seule dans la chambre nuptiale est plongée dans la contemplation et la prière, elle entend des voix célestes.

CHŒUR DES ARCHANGES

Fille virginale,
L'ange va venir,
L'aube nuptiale
Bientôt va s'enfuir.

Mais toujours ton âme
En son cœur sacré,
Gardera la flamme
Du ciel adoré.

Et nous dans l'espace,
Esprits bienheureux,
Quand tout fuit et passe,
Nous viendrons des cieux.

Nous viendrons redire
Dans un chœur charmant,
Dans un doux sourire,
A tes yeux rêvant,

L'instant ineffable,
Et tout virginal,
Serment véritable
Du jour nuptial.

Et notre voix même,
Toujours redira
Son hymne suprême
Qui ne finira.

La blanche couronne
Nimbe ton front pur,
Et brille, rayonne.
Comme au ciel d'azur,

Rêve, rêve encore,
Esprit de l'esprit,
Ce rêve d'aurore,
Qui ne meurt et fuit.

La sphère éternelle,
Foyer de l'amour,
Rayonne, étincelle,
En ce divin jour.

Et sous la belle nuit sereine, harmonieuse,
Cécile en sa douceur se sentait tout heureuse,

Et comme elle écoutait ces chants de l'Infini,
Sous le ravissement et dans l'instant béni,
Elle voit l'ange aimé descendre du ciel même,
Tel qu'au jour bienheureux de son divin baptême ;
Et l'ange rayonnait de lumière et d'amour,
Et répandait ses fleurs sur ce pieux séjour,
Tout rempli de parfums, de beauté virginale,
Que l'épouse reçoit à l'heure nuptiale.
Et comme elle disait à cet hôte des cieux
Le mystère si doux de ses suprêmes vœux,
Voilà qu'au même instant apparaît à sa vue
Telle que l'ombre aimée et soudain revenue,
L'époux Valérius éclatant de beauté,
Regardant vers le ciel et l'immortalité,
Et couvert de la robe et blanche, virginale,
Que le chrétien revêt à l'heure baptismale.
Transportée et priant à ce moment des cieux,
La vierge en ses élans sublimes et pieux,
Reconnaît en l'époux le néophyte même
Marqué du sceau sacré de Jésus, Dieu suprême !
Et l'ange tout près d'eux levant pour les unir
Ces mains qui s'étendaient déjà pour les bénir,
Déposa sur leurs fronts une blanche couronne,
Fleurs de virginité dont le printemps rayonne,
Et le lys et la rose à leurs yeux répandus,
Donnaient la sainte extase à leurs cœurs éperdus.
Ils se croyaient au ciel à cette heure nouvelle,
C'était l'instant conquis sur la vie éternelle !

HYMEN CHRÉTIEN; SAINTES AMOURS

O douceur infinie en ces hymens chrétiens,
Sous les chaines de fleurs qui forment leurs liens.

Ils n'avaient qu'un seul cœur uni dans la prière,
Le respect et l'amour pour Jésus, Dieu le Père,
Et chaque jour venaient au temple du Seigneur,
Lui parler dans l'élan de leur sainte ferveur
Et brûler de la flamme étincelante et pure,
Qui rayonne, ennoblit la divine nature.
O saint hymen de l'âme, éternelle grandeur,
La gloire de l'esprit et son sublime honneur.
Des pauvres, des souffrants, soulageant la misère,
Ils leur parlaient du Dieu suprême du Calvaire,
Aux esclaves impurs rendant la dignité,
Leur montraient dans le ciel leur immortalité !
Ainsi vivaient en paix dans la douce innocence
Deux cœurs qui s'envolaient vers la sainte espérance !

NOUVELLE APPARITION DE L'ANGE

Elle était là rêvant dans le palais désert,
Touchant sa lyre d'or, écoutant le concert,
De ces esprits des cieux, doux êtres invisibles,
Qui charmaient ses instants et ses heures paisibles,
Lorsque soudain près d'elle apparaît à ses yeux
Le compagnon fidèle et gardien de ses vœux,
Son ange bien-aimé ; d'un nimbe de lumière
Il descend vers Cécile à sa sainte prière,
Et jamais plus brillant ne fut-il en ce jour,
A cette heure où venant du suprême séjour,
Il apporte d'en haut le tout secret message,
Que la vierge entendra de son divin langage :

— O fille du Seigneur, lui dit-il en ces mots,
Sachez qu'à ce moment dans les sombres cachots
De la triste prison, la prison Mamertine,
Repose un pur chrétien que le ciel illumine,
Et cet homme est l'époux, l'époux de votre cœur,
Qu'Almachius poursuit de toute sa fureur
Pour avoir rejeté le culte de l'idole,
Donné la sépulture au frère qu'on immole.

Cécile à ses paroles s'écrie :

— Oh ! combien je voudrais dans mon ambition
Partager du captif son obscure prison,

Et gravir avec lui le sommet du calvaire
Qui conduit à l'Esprit, à la sainte Lumière !

— Non, vous ne le pouvez le suivre dans ces lieux,
Car le Seigneur réserve un jour plus glorieux
A la vierge si pure, à celle qui sur terre
Envoyait son époux au successeur de Pierre,
Pour recevoir de lui, dans cet instant divin,
La promesse de voir son ange séraphin,
Et veut que cet époux conduit vers le baptême
Vous entr'ouvre à son tour les portes du ciel même !

— Eh ! quoi ! je ne pourrai le revoir ici-bas
Et le suivre toujours jusqu'au seuil du trépas,
Pour lui montrer encor, dans mon dernier sourire,
Ce qu'est l'amour chrétien à l'heure du martyre !
Mais puisque je ne dois connaître la douceur
De partager la mort de l'époux de mon cœur,
J'attends avec espoir l'auguste délivrance
Qui m'ouvrira le ciel de la sainte Espérance,
Et je vais dès ce jour aspirer au bonheur
De revoir l'être cher auprès du Dieu sauveur !

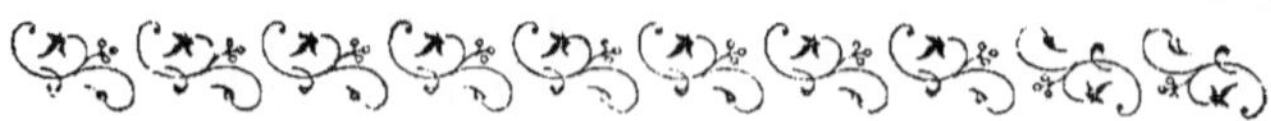

CÉCILE REÇOIT LE SAINT PONTIFE
LA PRISON MAMERTINE

Cécile méditait sur la vie éternelle,
Et seule en ce silence à l'heure solennelle,
Attendait le pontife, apôtre du Seigneur,
Pour lui tout révéler de l'époux de son cœur,
Lui dire qu'en ce jour la prison Mamertine,
Renferme dans son sein l'âme pure, divine,
De ce pieux époux, néophyte chrétien,
Que la nuit nuptiale amenait vers Urbain.
Et comme elle rêvait des heures écoulées,
Des heures du divin, blanches, immaculées,
Arrive comme une ombre au soir dans ce palais
Le sublime pontife, apôtre de la paix,
Que la Vierge a mandé dans ce moment extrême,
Pour invoquer de lui la sagesse suprême.

Il s'avance et sa vue a ravi son esprit,
Dans sa sainte douleur elle éclate et lui dit :

— O vous qui connaissez cet époux de mon âme,
Qui dans son cœur un jour allumiez cette flamme
Toute pure, céleste et ravie au Seigneur,
Écoutez ma prière en toute sa ferveur :

Dans les cachots, les fers, Valérius expie
Le crime, le forfait d'être à Dieu pour la vie,
Et je ne puis avoir la consolation
D'aller vers mon époux dans sa dure prison,
Pour soutenir son cœur, partager sa souffrance,
Et venir avec lui, dans ce jour d'espérance,
M'immoler pour Jésus, pour mon divin Sauveur,
Et connaître déjà le suprême bonheur.
Mais puisqu'en ma pauvre âme on ne veut satisfaire
Ce désir tout sacré de le suivre au Calvaire,
Que du moins un espoir reste encor dans mon cœur,
De lui donner ce jour le Dieu dans sa grandeur !
Et seule à vous, mon père, à vous je me confie,
Pour lui faire envoyer le pain de l'autre vie,
Ce pain du grand voyage et qui doit soutenir
Sa force défaillante à l'heure de mourir !
Profitez de l'instant où dans la nuit déserte,
Alors que tout repose et sans crainte d'alerte,
Un jeune enfant, doux ange et chrétien nouveau né,
Qui ne puisse trahir et n'être soupçonné,
Apporte tout caché le divin Viatique,
Pour donner à l'époux à cette heure mystique.
Oh ! combien serait doux pour ce cœur lacéré,
De recevoir encor son Sauveur adoré,
Et lui dire l'amour dont son âme déborde
Pour le revoir là-haut dans sa miséricorde !

— A votre saint désir je m'en vais accéder,
Et chercher cet enfant qui viendra l'accorder.

CÉCILE SUR LA VOIE APPIENNE

Elle avait donc appris la terrible sentence,
Et toute frémissante et pleine d'espérance,
Sur la route déserte à l'aube du printemps,
Elle venait attendre à cette heure des temps,
L'être, le condamné, l'homme du sacrifice,
Qui s'en allait subir le plus cruel supplice ;
Car c'était cet instant choisi par le préfet,
Pour accomplir son œuvre et sinistre projet.........
Elle attendait toujours sur la voie Appienne,
Sur ce chemin sacré de la gloire romaine,
Cet époux que le ciel un jour vint lui donner,
Pour animer sa foi, la faire rayonner.....
Elle attendait toujours sous l'auguste silence,
Sous la belle nature heureuse d'espérance,
Et son esprit qui plane aux vieux siècles des temps,
Lui rappelle des jours les glorieux instants.
Elle songe aux aïeux héros de la victoire,
Dont les noms immortels rayonnent dans l'histoire,
Passent devant ses yeux comme des visions,
Ces ombres du passé, ces grandes légions.
C'est d'abord Métellus, le vainqueur de Panorme,
Sur son char triomphal et sous la foule énorme
Des guerriers et des chefs que son bras valeureux
Fait ployer sous son joug superbe, généreux.

C'est Métellus encor dans le temple suprême
De l'auguste Vesta, du feu sacré lui-même,
Qui vient pour arracher à l'incendie affreux
De la ville éternelle aux jours si glorieux,
L'idole, le fétiche apporté par Énée,
Cette Pallas guerrière à jamais vénérée,
Cet insigne des temps, divin palladium,
Puissance tutélaire en ce vieux Latium ;
Et perdit en ce jour la suprême lumière
Qu'il ne revit jamais jusqu'à l'heure dernière,
Et d'aller au Sénat sur un char triomphal
Il reçoit le premier cet honneur curial.
C'est le Macédonique accourant sur la Grèce,
Vainquant la Macédoine et fort de sa prouesse,
Rentre dans sa patrie où grand, victorieux,
Le peuple à son approche arrive dans ces lieux,
Sur ce chemin sacré de la voie Appienne,
Proclamer son honneur et la gloire romaine !
C'est Métellus Celer auguste, valeureux,
Modèle du devoir, sublime, vertueux,
Rempli de ce courage et de cet héroïsme
Qu'éveille dans son cœur l'ardent patriotisme,
Quand de Catilina voyant la trahison,
Se range dans le camp sacré de Cicéron.
C'est le grand Lucius, nommé le Dalmatique,
Au souvenir du jour de sa victoire antique,
Et le plus grand encor de ces fils de Calvus,
C'est l'austère Quintus, Quintus Cæcilius,
Dont la gloire à jamais conquise en Numidie
Lui valut au retour dans sa grande patrie,
Le surnom tout fameux qui brille dans les temps,
Où Rome a proclamé ses glorieux enfants.
Mais plus noble n'est-il vers cette heure suprême

Où bravant les humains sans crainte d'anathème,
Défend au Capitole en des accents sacrés,
Les nœuds de l'hyménée à jamais consacrés !

Et la vierge rêvant à ce passé sublime,
A senti dans son cœur un jour plus magnanime....
Celui de son époux, venant victorieux,
Au sommet du Calvaire, à la porte des Cieux !

Elle attendait encor sur la voie Appienne
Quand soudain, amené par la garde romaine,
Apparaît un jeune homme, un jeune condamné,
Au regard dans les cieux et tout illuminé ;
Superbe, triomphant sous sa démarche altière,
Il portait sur son cœur l'insigne du Calvaire,
C'était l'époux aimé, c'était l'époux chrétien,
Que la vierge voyait en ce moment divin
S'envoler vers son Dieu dans cette sainte ivresse
De l'âme qui connaît la divine promesse.
Elle accourt et s'élance, et vers lui dans ses bras,
Elle voudrait alors l'arracher au trépas,
Car la nature humaine a frémi dans son âme,
Car en l'amour divin s'allume une autre flamme,
Toute belle et sacrée, oh ! l'amour de l'époux,
Suprême d'Infini, c'est le Ciel et c'est nous !.....
Alors, en cet instant de sa douleur immense
Valérien lui dit ces mots de l'espérance :
— Épouse de l'Esprit ô toi qui dans un jour,
M'amenais au Seigneur dans le temple d'amour,
Vers celui qui me fit connaître ton doux ange
Et me faisait chrétien dans la sainte phalange ;
Dans cette nuit si belle où ton cœur virginal
M'emportait de la terre au monde sidéral,

Oh ! laisse-moi m'enfuir vers la sphère suprême
Que j'entrevis déjà sous l'aube du baptême !

Et la vierge écoutant l'époux de son amour
Voit son être inspiré de l'éternel séjour,
Voit dans l'azur voler une blanche colombe,
L'Esprit Saint qui planait sur le seuil de sa tombe !

Alors se souvenant des paroles d'Urbain
Elle sent tout son cœur brûler dans le divin,
L'amour de son Sauveur aux flammes éternelles
Qui ranime son âme à ces heures mortelles,
Et voyant son époux arraché de ses bras,
A compris le décret qui le livre au trépas :
« O bien-aimé, dit-elle, apôtre de Dieu même,
Va conquérir au ciel, dans la sphère suprême,
La couronne de gloire et l'immortalité
Promise aux combattants du Dieu de vérité,
Et va dans l'océan de la sainte lumière
Me préparer la voie à mon heure dernière,
Et recevoir mon âme et mon cœur palpitant
De l'amour de Jésus, du Seigneur Tout-Puissant.
Bourreaux, je veux le suivre et le suivre au martyre,
Ne me refusez pas l'instant que je désire,
C'est moi qui l'amenant à la foi du Sauveur
L'ai conduit à la mort dans toute son horreur !
Oh ! laissez-moi monter au lieu de son supplice,
Être aussi la victime offerte en sacrifice...
Et comme elle disait ces mots venus des cieux,
Le bourreau s'approchant avec son air hideux,
L'arrache brusquement de l'être de son âme,
Profère à son époux cette sentence infâme :
« Pour avoir méconnu le culte de nos dieux,

Sois puni sur la terre, en l'Olympe et les cieux ! »
Et la vierge écoutant ces terribles paroles,
Voit briller à ses yeux, les signes, les symboles,
La croix de son Jésus, rayonnante d'amour.
Lui montrant l'Éternel et l'auguste séjour !

SEULE !

Elle était seule, seule, au palais Transtévères,
En ce temple sacré des gloires séculaires,
Où le saint souvenir de son époux chrétien,
Lui montrait son martyre et sa suprême fin !....
La mort avait partout marqué sa main fatale,
Projeté sa grande ombre à l'heure sépulcrale !
Du père tant aimé qu'elle avait au Seigneur
Conduit depuis des jours par sa sainte ferveur,
Donnant son dernier souffle à sa fille si chère
S'en allait regagner le monde de lumière ;
Et la pauvre affranchie, ô sainte Titia,
Ce nom que tout enfant elle balbutia,
Celle qui remplaçait ici-bas sur la terre
La femme que le Ciel lui ravissait, sa mère !
Celle qui lui montrait dans l'élan du bonheur
Le Seigneur sur l'autel et Jésus dans son cœur,
Elle aussi n'était plus ; rayonnante, bénie,
En mourant s'envolait vers la vie infinie !.....
Rien ne restait pour elle en ces jours douloureux,
Hors ses frères captifs, ses frères malheureux,
Cette famille humaine offerte à sa grande âme
Pour laquelle brûlait toute sa sainte flamme !
Et retrouvant son cœur des heures du passé
Dans ce suprême élan qui ne s'est effacé,
Elle voit arriver ce moment du martyre
Comme le but sacré vers lequel elle aspire !

CÉCILE DEVANT ALMACHIUS

Au prétoire assemblé devant Almachius,
S'avançait lentement fille des Métellus,
Des fiers patriciens, une vierge si belle,
Qu'on eût dit à la voir, celle tout immortelle,
La mère de Jésus et du divin Sauveur
Dont elle reflétait la sublime grandeur.
Elle avait revêtu la robe nuptiale,
De cyclades couverte et toute virginale,
De sa taille pendait cet emblème éclatant
Le ruban tout rougi du martyre et du sang ;
Et de ses blonds cheveux, court, s'échappe, s'envole,
Le voile aux flammes d'or, de l'amour un symbole.
Elle s'arrête....... et voit le terrible préfet
Dont l'œil vient révéler un sinistre projet.
Mais belle en sa grandeur, fière d'être appelée
A confesser sa foi devant cette assemblée,
Cécile d'un regard a dévoilé son cœur,
Et du cruel tyran soulève la fureur.
— Approche, lui dit-il, et d'un ton plein d'audace,
Dis-nous quel est ton nom et la secte et la race ?

— Fille des Metelli, mon nom Cæcilia,
Mon ancêtre jadis l'illustre Caïa.

— Quelle religion oses-tu dans la Rome
Païenne, confesser à la face de l'homme,
Devant le Sénat même et l'auguste empereur
Ordonnant de punir l'infâme détracteur
Des dieux de nos vieux temps que le peuple vénère,
Qu'il adore en lui-même en son sacré mystère ?

— Chrétienne je suis née et resterai toujours
Pour l'amour de Jésus jusqu'à mes derniers jours ;
Mon serment est divin, je ne crains, ne redoute
Que le Ciel qui m'entend, que le Dieu qui m'écoute !

— Jure de revenir fidèle à tous nos dieux
Et du serment chrétien abandonne les vœux,
Retourne, à nos autels à Jupiter suprême,
Foule, jette à tes pieds ce ridicule emblème
Que ta religion a semé parmi vous,
Faisant croire aux mortels que Jésus vit en nous,
Donne son corps humain pour notre corps lui-même
Et nous rend tout divins mêlés au Dieu suprême !

— Oser parler ainsi de ce dogme sacré,
Du Dieu qui chaque jour sur l'autel consacré,
Descend au fond des cœurs et soulève les âmes
Qu'il embrase d'amour, de ses plus saintes flammes,
Et tu crois par l'insulte amener mon esprit
A rejeter la foi de l'évangile écrit
Dans le fond de notre âme et notre conscience,
Que le christianisme appelle en sa puissance !
Renoncer pour toujours à Jésus mon sauveur !
Abandonner un Dieu notre sublime auteur,
Celui qui vint sur terre apporter la parole,
Relever les mortels de sa sainte auréole,

Et perdre pour un jour, pour un instant fini,
De l'immortalité le bonheur infini.
Jamais ! Et pour la foi, pour l'amour qui m'inspire,
Je veux donner ma vie et mon être au martyre,
Je veux, foulant aux pieds ces vils dieux des païens,
M'envoler glorieuse au monde des chrétiens !

— Eh ! bien ! Tu vas mourir, écoute la sentence,
Terrible, sans appel et sans nulle espérance.
Quoi ! tu ne peux frémir, ah ! tu ne sais donc pas,
Le supplice cruel promis pour ton trépas !

— Je ne crains que Dieu seul et sur lui ma pensée
Chaque jour en mon cœur ne s'est point effacée,
Chaque jour en priant, à mon divin sauveur
Je lui rends cet hommage ardent de ma ferveur ;
Qu'importe le supplice au cœur quand il espère,
Qu'importe de gravir le chemin du Calvaire,
Qu'importe les bûchers, les fers et les lions,
Quand l'âme a refoulé les viles passions
Qui ternissent l'esprit et portent les ténèbres
Dans notre sanctuaire aux fantômes funèbres,
Ravissent aux humains ce moment éternel
Que notre conscience apporte du beau ciel,
Et la sainte lumière, étoile qui rayonne
Au front de l'être pur, sur sa blanche couronne ;
O Jésus ! ô mon Dieu ! pour vous je veux mourir,
Et suivre votre exemple, ô sublime martyr !

Cécile les yeux levés vers le ciel tombe à genoux, Almachius la contemple
d'un regard plein de férocité, puis il s'écrie :

— Puisque tu veux mourir, ignore le supplice
Qui t'arrache à la vie et sans nul sacrifice

Quitte ces jours si beaux, la gloire des aïeux,
Les nobles souvenirs de ces temps valeureux,
Descend vers les Enfers de Pluton dieu barbare,
Dans cet obscur séjour, dans cet affreux Tartare,
Expier le forfait d'abandonner les dieux,
Ces dieux que nous aimons éclatant à nos yeux.
Gardes, emmenez-la, qu'au palais Transtévère
Reconduite elle soit sans aucune prière,
Car je ne veux ce jour appeler au trépas
La femme qui voudrait expirer sous mes pas.

Sur ces mots les gardes la saisissent et l'entrainent loin du prétoire. Elle
entend les vociférations d'Almachius et de ses assesseurs.

LE MARTYRE

I

Elle était revenue en ce séjour auguste
Rempli des souvenirs et de l'esprit du juste,
De celui qu'elle vit en ce jour nuptial
Lui garder son saint vœu, son serment virginal ;
Et devenir chrétien et monter au martyre
Pour la mener à Dieu dans le céleste empire,
Lui préparer la voie et le suprême jour
Où son cœur brûlera de sa flamme d'amour.

A cette heure évoquant son ombre immaculée,
Elle aperçoit soudain au détour d'une allée
Qui longe les jardins, des soldats, des licteurs,
Aux farouches regards exhalant leurs fureurs.
Ils venaient à l'instant où le soleil s'abaisse,
Vers ce déclin du jour où tout être s'affaisse,
Accomplir le forfait et le crime odieux
Sur l'illustre chrétienne attendue en ces lieux,
En ce palais célèbre où rayonne la gloire
Des immortels aïeux qui vivent dans l'histoire,
Sur cette vierge sainte, enfant des Cecili,
Qui renonçait aux dieux, à leur culte avili.

Almachius avait donné l'ordre suprême,
En l'absence du chef, de l'Empereur lui-même.
Et venait de signer sans grâce et lendemain
Cet acte de terreur, cet acte clandestin.
Et seule en cet instant, à cette heure sublime,
La vierge vit entrer ces hommes noirs du crime ;
Il marchait en avant, l'effroyable licteur,
Brandissant de la main cette hache d'horreur !
Couverte de faisceaux, signes de la souffrance
Qu'il inflige aux humains en toute violence.
Et Cécile aux regards pleins de sérénité,
Rayonnante de gloire en sa virginité,
Belle, toute parée à cette heure immortelle,
Pour la suprême noce et la noce éternelle,
Voyant marcher cet homme et lugubre bourreau
Semblait du sacrifice être le doux agneau ;
Et forte de l'amour de son Dieu du Calvaire,
Et de cet ange aimé, puissance tutélaire
Que son âme entrevoit sous la voûte du ciel,
Superbe, lumineux et tel que Gabriel,
Lorsqu'à la vierge épouse il descend pour lui dire
Le décret tout divin de son céleste Empire.

Et le licteur toujours brandissait l'instrument
Cruel de son supplice en ce fatal moment !.....
Et Cécile approchait de ce visage horrible,
Et sans plus craindre encor de cet homme terrible,
Lui montrant le mépris de l'humaine douleur,
Elle lui dit ces mots échappés de son cœur :
« — Frappez, car je ne crains que le Dieu du ciel même,
Car mon âme a reçu l'eau sainte du baptême ;
Frappez, dans l'Éternel, la couronne m'attend,
Et je sens mon sauveur, mon Jésus qui m'entend,

A sa voix le bourreau devant elle s'avance
Et brandissant le fer avec sa violence,
Frappe d'un premier coup la vierge du Seigneur
Qui se relève encor dans toute sa grandeur,
Rayonnante de vie et regardant l'infâme,
Des yeux qui révélaient le pardon de son âme !
Alors, cet homme affreux, cet homme de la mort,
De son bras vigoureux et d'un suprême effort,
Frappe deux fois encor la sublime martyre
Qui survit à ces coups, se soutient et respire,
Et puis, obéissant à l'usage des lois
Qui défend au licteur de blesser quatre fois,
Il s'arrête, aperçoit sa victime innocente
De son sang recouverte, abimée et gisante,
Et qui laissait à peine échapper un soupir,
Une plainte, un murmure et qui semblait bénir
L'être tout monstrueux dont la face terrible
Exhalait du bourreau la jouissance horrible !...
Alors en ces instants suprêmes du divin
Apparait en ces lieux le grand pontife Urbain,
Qui venait vers Cécile à son heure dernière,
Pour la voir s'envoler au monde de lumière ;
Et la vierge mourante aperçoit sous ses yeux
L'apôtre du Sauveur qui lui montre les cieux !
Mais son Dieu veut encor, conserver à la terre
Ce cœur de l'Infini pour un divin mystère,
Afin que le mortel puisse encor contempler
La victime, l'agneau qui venait s'immoler !

II

Sous la voûte sacrée aux pages immortelles,
Qui nous parle des temps, des grandeurs éternelles,

Sous ce palais célèbre où l'ombre des aïeux
Semble comme évoquée à cet instant des cieux,
Elle aperçoit soudain dans l'antique demeure
Les pauvres ses amis, accourant à cette heure,
Ces pauvres que la vierge aime avec passion,
Et qui semblent du Ciel l'auguste légion ;
Et ceux-ci la voyant ne peuvent reconnaître,
Dans les flots de son sang, cet ange, ce doux être,
Que jadis en ces lieux ils voyaient rayonnant
Sous le sourire pur de l'esprit triomphant.
Alors, réunissant sa force, son courage,
Pour franchir d'ici-bas le suprême passage,
Sous sa dernière angoisse, aux frères de son cœur,
Elle leur dit ces mots en toute sa douleur :
« — Oh ! vers ce ciel aimé, vers ce Ciel où mon ange
Brille au sein du Seigneur et chante sa louange,
Vers lui je vais m'enfuir et vous laisser encor,
Pour consolation dans ce divin essor,
Le guide tutélaire en notre saint apôtre,
Urbain qui deviendra comme un père, le vôtre,
Et puis-je vous revoir, redire en cet instant,
Les souvenirs sacrés de mon être expirant ! »

III

Trois jours se sont enfuis et la vierge respire,
Et calme en sa douleur, supportant son martyre,
Elle voit son esprit qui vers l'Éternité
Va conquérir enfin son immortalité ;
Et faisant un effort pour soutenir sa vie,
Sur le sol doucement s'affaisse en l'agonie,
Et voulant conserver pour l'époux de son cœur,
Pour son divin Jésus, pour l'ange de douceur,

Comme un dernier regard, comme un dernier sourire,
Fuit des yeux en mourant la terre du martyre,
Et s'en vient expirer sur le sacré parvis
Comme à l'antique autel l'innocente brebis.

Aussitôt recueillant le sang de la victime,
Les pauvres, le pontife à ce moment sublime,
Aperçoivent au Ciel d'un nimbe lumineux
Flotter les doux esprits, les anges vaporeux,
Qui rayonnaient autour de la vierge immortelle,
L'emportaient dans l'espace à la sphère éternelle
Et tenaient sa couronne et chantaient dans les cieux
Cet hymne d'infini du monde bienheureux ;
Et le Seigneur voyait la céleste martyre
Monter, monter vers lui dans son suprême empire !

. . . .

APOTHÉOSE

CHŒUR DES ANGES

Gloire ! gloire dans les cieux !
Gloire à la vierge martyre ;
Chantons en chœurs radieux
L'hymne sacré qu'elle inspire !

Chérubins et Séraphins
Et vous, Trônes et Puissances,
Venez vers les cieux divins
Briller de magnificences,

Pour recevoir un esprit
Qui s'élève de la terre,
Qui triomphe et resplendit
Dans le monde du mystère.

Rayonnante en sa grandeur
Dans le Ciel elle est entrée,
Elle voit son Dieu Sauveur,
L'ange à l'aile diaprée,

O cœur rempli d'Infini,
Vous régnez parmi les âmes,
Loin de ce monde fini,
Brûlant de vos saintes flammes.

Gloire ! gloire dans les cieux !
Gloire à la vierge martyre.
Chantons en chœurs radieux
L'hymne sacré qu'elle inspire !

. . . .

ÉPILOGUE

VOIX DE SATAN

Maudit l'Esprit qui vint un jour,
Il nous a vaincu sur la terre,
Étouffant ainsi la matière,
Il fit trembler notre séjour !

Maudit aussi soit cet archange
Qui de la femme a pris le cœur,
Maudit soit l'être en sa pudeur
Qui foulait aux pieds notre fange !

CRIS DES DÉMONS

Maudit, maudit, maudit soit Dieu,
Qui ravit l'homme à notre feu !

Satan et ses acolytes sur un nuage empourpré de flammes s'enfuient.
L'Enfer s'entr'ouvre et se referme, les démons jettent leur dernier cri.
Dans une fantasmagorie lugubre réapparaît la salle du banquet, celle-ci
s'écroule, les ménades tombent terrassées !

VARIANTES

Page 35, ligne 7 :

> Oh ! viens, viens respirer sous l'haleine des roses,
>
> Ce souffle tout vivant de la beauté des choses.

Page 35, ligne 17 :

> Elle dit à l'époux en ses divins accents
>
> Ces paroles des cieux que rediront les temps

Page 49, ligne 13 :

> Pour lui montrer encor dans l'âme qu'il inspire
>
> Ce qu'est l'amour chrétien à l'heure du martyre !

Pages 36, ligne 14 :

> je consacrais à Dieu ce cœur brûlant d'amour
>
> Et le conservais pur pour l'éternel séjour.
>
> Que dans l'élan divin où l'âme s'auréole,

Page 58, ligne 31 :

> Patricienne suis, mon nom Cœcilia.

Saint-Amand — (Cher). Imprimerie Bussière.